ハルとカナ

ひこ・田中 作　ヨシタケシンスケ 絵

講談社

ハルとカナ

ひこ・田中 作
ヨシタケシンスケ 絵

もくじ

01 ハル、仲《なか》よしについて考える。

ハルは八歳《さい》。桜谷小学校《さくらたにしょうがっこう》の二年生。二年二組だ。

八年間も生きているのでハルはもう、たいていのことはわかっているつもり。

たとえば、とうさんとかあさんは、だいたいいつも仲《なか》よしだけど、ときどき、そうじゃない。

いつものふたりは相手《あいて》の顔を見て話をするのに、けんかをしているときは下をむいたり、天井《てんじょう》をむいたりしている。となりの部屋《へや》から話すことだってあるのだ。

ハルがそれに気づいたのは一年とちょっと前のある日曜日。

ハルはリビングで、とうさんと笑《わら》えない話をしていた。笑《わら》えない話というのは、ハルがとうさんと始《はじ》めた、何があっても笑《わら》わないで話す遊《あそ》びだ。

もちろん笑《わら》ってしまったほうが負《ま》け。

「ネコは鼻《はな》くそを自分で取《と》れないから、こまるねえ。」

ハルが腕《うで》を組んでなやんでみせた。とうさんは笑《わら》わないで、

「それは笑《わら》えない話だねえ。」

と返事《へんじ》をした。

「下から雨が降《ふ》ってきたら、傘《かさ》をどうさせばいいのかねえ。」

とうさんがなやんでみせた。

ハルは、

「逆立《さかだ》ちをしたら傘《かさ》をさせないし、笑《わら》えない話だねえ。」

と返事《へんじ》をした。

ふたりが笑《わら》わないで楽しんでいるとき、リビングにやってきたかあさんが、

「買《か》い物《もの》には何時に出かける？」

といった。

「おやつを食べたあと、四時がいい。」

ハルがパッと顔をあげると、かあさんは天井《てんじょう》をむいていた。

「天井《てんじょう》に虫か何かいるの？」

ハルがたずねるとかあさんは、

「さあ、どうでしょうね。」

というだけ。

するととうさんが、

「まあ、四時でいいんじゃないか？」

とこたえたので、今度《こんど》はとうさんを見ると、じっとつめの先をながめていた。

「人に話をするときは相手《あいて》の顔を見るんだよ。」

とハルがいったら、とうさんは大きく息《いき》を吸《す》いこんだ。それからかあさんを見た。

「うん、四時にしよう。」

けれどかあさんはやっぱり天井《てんじょう》を見たまま、「わかったわ。」

しかたがないのでハルは、

「笑《わら》えない話だなあ。」

といった。

ふたりはぷっとふきだした。

そこで、ハルはこっそり思ったのだ。

「笑《わら》えない話は、ぼくの勝《か》ち。」

それからハルは、ふたりをよく注意《ちゅうい》して見るようになった。

すると、やっぱり、顔を見ないで話すことがある。何かをいいかけてやめることもある。

そんなとき、ふたりの話し声がいつもとちがっているのもハルは気づいている。

仲《なか》よしでないとうさんの声は、いつもよりすこし高い。かあさんの声は、いつもよりすこし低《ひく》い。

三人でいっしょにごはんを食べていても、ふたりともハルとしか話さないこともある。たとえば、先週の晩《ばん》ごはんのときだ。

「ハル、今日の学校はどうだった？」

かあさんがハルにきいた。

「シュウマくんが休み時間が終《お》わっても、また教室にもどるのを忘《わす》れたよ。」

ハルは首を右と左に動《うご》かしてふたりを見た。

「シュウマくんって、ほんとうにおもしろい子だなあ。」

とうさんがハルだけを見ていった。

「この前、シュウマくんは、体がゾウで頭がキリンの絵を描《か》いたよ。すっごくかわいかった。」

またハルは首を右と左に動《うご》かしてふたりに話した。

「うわ～、それって、すごいねえ。」

と、かあさんは笑《わら》うけど、やっぱりハルだけを見ていた。

大人はほんとうに、ややこしい生《い》き物《もの》だな。

あと、怒《おこ》っているときとか、うれしいときとか、怒《おこ》っているけどニコニコしているとか、うれしいけどうれしくないふりをしているとかもあるみたいだ。

ハルは、怒《おこ》っているとき、うれしいときがはっきりしている。怒《おこ》っているときは怒《おこ》るし、うれしいときは笑《わら》う。それと、泣《な》きたいときは泣《な》く。

あ、泣《な》きたいけど絶対《ぜったい》に泣《な》かないって思うことはあるかな。そんなときは、息《いき》をとめる。でも、そうすると、泣《な》きたくない気持《きも》ちとは反対《はんたい》になみだがどんどん出てきてしまう。だから、やっぱり泣《な》いてしまう。

とうさんやかあさんは、泣《な》くことがないみたいだし、思っているのとちがう顔もできるみたい。

大人はほんとうに、ややこしくて、がまん強い生《い》き物《もの》だなとハルは思うのだ。

とうさんとかあさんは、仲《なか》よしがいいなとハルは思う。

そのほうが家の中の空気がおいしい気がする。家の中が明るい気がする。大きな声をださなくてもいい気がする。

だけど、仲《なか》よしだとすごくいいかというと、そうでもない。

ハルはマンションに住《す》んでいる。キッチンとダイニングとリビングが一つになった、すこし大きな部屋《へや》が一つと、とうさんたちがねむる部屋《へや》と、ハルの部屋《へや》と、もう一つある。最後《さいご》の一つは、今は使《つか》わないいろんなもの、とうさんの体をきたえるダンベルとか、かあさんのおなかの脂肪《しぼう》を取《と》るぶるぶる器械《きかい》とか、ふにゃっとしずみこむマットレスとか、上にのって腰《こし》をひねる円盤《えんばん》とかがおしこまれていて、なかなか楽し

い遊《あそ》び場《ば》だ。

ベランダは南側《みなみがわ》、リビングから外に出られるところにあって、洗濯物《せんたくもの》はここに干《ほ》す。

ハルが洗濯物干《せんたくものほ》しに参加《さんか》できるようになったのは去年《きょねん》、小学生になってからだ。

「干《ほ》すのを手伝《てつだ》ってくれないか。」とうさんにいわれたとき、ハルはやったね！と、ものすごくうれしかった。

かごの中から洗《あら》い終《お》わったタオルやシャツを取《と》って、とうさんやかあさんにわたす。落《お》としたらまた洗《あら》い直《なお》さないといけなくなるから、ハルはとても気をつける。そのドキドキが好《す》き。

ハルがいちばん気に入っているのは、夜の洗濯物干《せんたくものほ》し。

すこし冷《つめ》たい風が吹《ふ》くと、頭の中がすっきりする感《かん》じがして気持《きも》ちいい。

あちこちの家の明かりがキラキラともっていて、とてもきれい。

それをながめながらハルはちょっとうっとりして、幸《しあわ》せだなあなんて思う。

でも、昼間に遊《あそ》びつかれたりしたときのハルは、リビングのソファーや床《ゆか》にねころんで、とうさんとかあさんが洗濯物《せんたくもの》を干《ほ》すのをながめている。

ガラスのむこう側《がわ》。ふたりはハルに背中《せなか》をむけながらいっしょに干《ほ》していく。

洗濯物《せんたくもの》をわたすときとうさんが何かをいって、受《う》け取《と》ったかあさんが返事《へんじ》をする。

ふたりの笑《わら》っている横顔《よこがお》が、ときどき見える。とっても仲《なか》よしだなあ。

するとハルは、ぼくがいなくてもふたりは幸《しあわ》せなのかなって思ってしまう。それはすこし悲《かな》しい。

「ぼくがいなくても幸《しあわ》せ？」ってきいてみたい気がするけれど、ちょっとこわい。

絶対《ぜったい》にそんなはずはないと思うけど、でも、やっぱりちょっとこわい。

ぼくの気持《きも》ちって、すごく複雑《ふくざつ》だなとハルは思うのだ。

15　ハル、仲よしについて考える。

02

カナ、数を数える。

カナは八歳《さい》。桜谷小学校《さくらたにしょうがっこう》の二年生。二年二組だ。

八年間も生きているのでカナはもう、たいていのことはわかっているつもり。

カナは、両親《りょうしん》と兄のリンの四人で、二階《かい》建《だ》ての家に住《す》んでいる。

一階《かい》は、キッチンとダイニングが一つになったのと、リビングと、畳《たたみ》の部屋《へや》が一つ。二階《かい》は、とうさんたちの部屋《へや》と、リンの部屋《へや》と、カナの部屋《へや》。

それから、動物園《どうぶつえん》は家からバスにのって停留所《ていりゅうじょ》が八つ。デパートまでは十五。水族館《すいぞくかん》までは、バスで四つのって、それから電車で五つ目の駅《えき》。

カナは数を数えるのが好《す》きだ。

小学校に入学したときカナはいろんな授業《じゅぎょう》があることにおどろいた。科目を覚《おぼ》えるだけでも大変《たいへん》だった。

小学生になったばかりのころ、カナはよく自分の部屋《へや》の床《ゆか》に教科書を並《なら》べて、ながめていた。

「あ〜あ。こんなの全部《ぜんぶ》は、カナにはむりだよ。」と声にだしていうことが何度《なんど》もあった。

時間割《じかんわり》りはなかなか覚《おぼ》えられなかったから、前の日にかあさんといっしょにたしかめて、教科書やノートをランドセルにつめた。

小学校ってなんてややこしいところなのだろうとカナはため息《いき》をついていた。

担任《たんにん》は、一年生のときから佐々木《ささき》タツオ先生で、顔が黒くてまん丸なところが、おじいちゃんとちょっと似《に》ている。

カナが数を数えるのが好《す》きになったのは、バスとカエルのおかげだ。

停留所《ていりゅうじょ》でバスにのってくるカエルの数を数える授業《じゅぎょう》があった。一つ目のバス停《てい》で三匹《びき》がのって、二つ目で二匹《ひき》がのって、三つ目で……。

佐々木《ささき》先生が配《くば》ってくれた紙には停留所《ていりゅうじょ》でバスを待《ま》っているカエルが描《か》かれていた。

カエルがバスにのってくるってすごいなあとカナは思った。

カナはバスにのって、動物園《どうぶつえん》や水族館《すいぞくかん》やデパートのおもちゃ売り場に連《つ》れていってもらうのが好《す》きだったので、カエルもそうなのかな？　なんて考えていた。

それから引き算の授業《じゅぎょう》が始《はじ》まって、今度《こんど》はカエルがバスをおりていった。

19　カナ、数を数える。

おりたところには何があるのかな？　動物園《どうぶつえん》？　水族館《すいぞくかん》？　デパートのおもちゃ売り場？

佐々木《ささき》先生にきいたら、「それは、松《まつ》本《もと》さんが考えてごらん。」といわれた。あ、佐々木《ささき》先生はそんなことは考えてなかったんだ。と、カナは気づいた。

だからカナは自分で考えることにした。

カエルのバス停《てい》は四つしかなかったから、一つ目のバス停《てい》がカナの家。二つ目のバス停《てい》が動物園《どうぶつえん》、三つ目がデパート、

四つ目は水族館《すいぞくかん》。

そう想像《そうぞう》しながらながめると、カエルたちが楽しそうに見えてきた。

それから、足し算と引き算がいっしょになった授業《じゅぎょう》が始《はじ》まって、のってくるカエルと、おりるカエルが交じってきた。

カナの家から三匹《びき》がのって、動物園《どうぶつえん》のバス停《てい》で二匹《ひき》がのってきて、一匹《ぴき》がおりた。

う〜んと。

バスには四匹《ひき》のカエルがのっている。

デパートでは三匹《びき》がのってきて、四匹《ひき》がおりた。

う〜んと。

バスには三匹《びき》のカエルがのっている。

ふふふ。

数を数えるのが楽しくなってきた。

カナは家族《かぞく》みんなでバスにのってデパートへ出かけたとき、授業《じゅぎょう》のように数えてみようとした。

だけど、カエルみたいには数えられなかった。

カエルはみんな同じに見えたけど、人間は顔も服《ふく》も背《せ》の高さもちがうから、ふたりおりてひとりのってと足し算したり引き算したりはへんな気がしたのだ。

それをカナは佐々木《ささき》先生には教えていない。だって、佐々木《ささき》先生はそんなこと考えていないかもしれないし。

カナは、とうさんにいってみた。

「う~ん、そうだったのか。そうだよな、カナ。」とうさんは頭をなでてくれた。

だけど、とうさんがほんとうにわかったかどうかは、あやしいなとカナは思っている。

＊

あるときカナは、家からスーパーマーケットまでの時間を、かあさんといっしょに歩いて計った。

かあさんが、「手をつなごうよ。」といった。ちょっとはずかしかったけれど、かあさんが伸《の》ばしてきた手の指《ゆび》が、おいでおいでをしていた。

カナは手を伸《の》ばした。

かあさんの親指《おやゆび》がカナの手の中で、ごにょごにょ動《うご》いた。くすぐったい。

それから、スーパーに到着《とうちゃく》して時計を見たかあさんが、「家から十二分よ。」と教えてくれた。

家にもどってからカナは考えた。

今はもう八歳《さい》だから、十二分でスーパーまで行けたけど、幼稚園《ようちえん》のときだったら、もっと時間がかかったはず。年少さんのころなら、一時間くらいかかったかも。

カナはリビングにいたとうさんと兄のリンに、その話をした。

「カナが小さなときは、とうさんか、かあさんの自転車《じてんしゃ》にのせていただろ。だから、十二分より早く着《つ》いたと思うよ。」

とうさんがこたえた。すると、床《ゆか》にねころんでゲームをしていたリンが、

「カナが重《おも》くなって、自転車《じてんしゃ》で運《はこ》べなくなったから、スーパーに行くのに時間がかかるようになったんだ。」

と笑《わら》った。

「運《はこ》べなくなったんじゃなくて、並《なら》んでいっしょに歩けるようになったんだよ、リン。とうさんたちにはとってもうれしいことさ。」

とうさんも笑《わら》っていった。それから、

25　カナ、数を数える。

「もっとも、カナのベビーカーをおしていたときもうれしかったし、自転車《じてんしゃ》にのせて走っていたときもうれしかったし、手をひいて歩くようになったときもうれしかったし、並《なら》んでいっしょに歩けるようになった今もうれしいんだな、これが。」

と、カナを見てウィンクをした。

カナもとうさんにウィンクをかえしたつもりだったけれど、両目《りょうめ》を閉《と》じてしまった。

それがおかしくてカナが笑《わら》ったら、とうさんもいっしょになって笑《わら》った。

リンがゲームをやめ、体を起《お》こして、「とうさんはカナのときばっかり、うれしいの？」ときいた。

とうさんはわざとらしく首をかたむけてすこし考えてからいった。

「リンのベビーカーをおしていたときもうれしかったし、自転車《じてんしゃ》にのせて走っていたときもうれしかったし、手をひいて歩くようになったときもうれしかったし、並《なら》んでいっしょに歩けるようになったときもうれしかったし、あんまりとうさんと遊《あそ》んでくれなくなった今もうれしいんだな、これが。」

リンは、

「なんだ、それ。」

とはずかしそうに頭をかいた。

＊

兄のリンとは一年と十か月はなれている。だからリンはカナより一歳《さい》年上のときと、二歳《さい》年上のときがある。つい数を数えてしまうカナは、リンとけんかになると、おにいちゃんは今、一歳《さい》年上かな？　二歳《さい》年上かな？　って考えることが多い。どっちにしてもおにいちゃんなんだけど、一歳《さい》年上のときよりも、二歳《さい》年上のときのリンのほうが生意気《なまいき》な気がするのだ。

ある日、お風呂《ふろ》からあがったカナが、お風呂《ふろ》が空いたのを教えようと、リンの部屋《へや》のドアを開《あ》けたら、

「だまって開《あ》けるな、ばか。」

と怒《おこ》られた。

カナだって、自分の部屋《へや》のドアを勝手《かって》に開《あ》けられたらいやだから、悪《わる》かったなと思った。でも、自分はばかじゃない。腹《はら》が立った。

「ばかっていうな、ばか。」

カナはリンに近づいて、ほおをふくらませた。

「ぼくは、カナより二歳《さい》年上なんだぞ。」

リンが、にらんだ。

やっぱり、二歳《さい》年上のリンは生意気《なまいき》だ。

カナは大急《おおいそ》ぎで数えた。それから、

「リンはあと三日で、一歳《さい》しか年上じゃなくなるんだよ。」

と指《ゆび》を一本つきだした。

「なんだよそれ。」

リンはぽかんとした。それから、

「ああ、もうすぐカナのお誕生日《たんじょうび》だよな。」

と、カナの頭をなでた。

03 ハルは教室でひとりか？

ハルは桜谷小学校《さくらたにしょうがっこう》にはいったとき、自分が児童《じどう》と呼《よ》ばれるのを知った。今まで子どもだと思っていたけど、児童《じどう》なんだ。

なんだか、新しく生《う》まれ変《か》わったみたいで、うれしかった。

洗面台《せんめんだい》の前で鏡《かがみ》にむかってピョンピョンとびながら、

「ぼくは、児童《じどう》。ぼくは、児童《じどう》。児童《じどう》なんだぞ、すごいぞ。」

といっていたら、通りかかったかあさんが、

「ハル、どうしたの？」

ってきいたので、教えてあげた。

「かあさん、ぼくってもう子どもじゃなくて児童《じどう》なんだよ。」

するとかあさんが、

「ハルは子どもよ。」

といった。

「ちがうよ、児童《じどう》だよ。」

「そうか。そうね。ハルは子どもで児童《じどう》よ。」

ややこしい。

ほんとうに大人はややこしい生《い》き物《もの》だ。

ハルがだまっていると、かあさんが、

「児童《じどう》というのは、子どもの別《べつ》のいい方よ。」

と教えてくれた。

「そうか。すごいな、ぼくは別《べつ》のいい方もできる子どもになったんだ。」

かあさんがハルのかたをだいて鏡《かがみ》の中のハルにいった。

「みしま幼稚園《ようちえん》では、園児《えんじ》と呼《よ》ばれていたよ。子どもで園児《えんじ》。」

知らなかった……。ぼくは園児《えんじ》から児童《じどう》に変身《へんしん》したんだ。

ハルは、ぼくもまだ知らないことがいっぱいあるなとそのとき思った。

今はもう八歳《さい》。

ハルは自分が児童《じどう》になったと喜《よろこ》んでいた一年生のあのころがちょっとはずかしい。

ほんとうに子どもだったなあって思う。

＊

ハルの担任《たんにん》は佐々木《さ さ き》タツオ先生。

佐々木《さ さ き》先生はいつもニコニコしている。

朝、教室にやってきたときから、授業《じゅぎょう》が全部《ぜんぶ》終《お》わって、ハルたちを見送《みおく》るときまで、ずっと、ずっとニコニコしている。

さわがしいときや、だれかがけんかしたときは怒《おこ》ってみせるけれど、やっぱりすぐにニコニコする。

背中《せなか》をむけて黒板《こくばん》に字や絵を書いているときも、ニコニコしているんだろうか?

一年生のとき、ハルはそれが気になってしかたがなかった。

ある日ハルは授業《じゅぎょう》の途中《とちゅう》でトイレに行った。

おしっこは、急《きゅう》にしたくなるからこまってしまう。

まだ大丈夫《だいじょうぶ》だよ。と思っていたら急《きゅう》にがまんができなくなる。

だからトイレにはもうすこし早く行ったほうがいいなといつもハルは思うけれど、

やっぱりちょっとがまんしてしまう。

これは二年生になった今でも変《か》わらない。

ハルは、おしっこについては自分がちっとも成長《せいちょう》しないなと、ちょっとがっかりしている。

さて、一年生のハルは、おしっこを全部《ぜんぶ》出して、すっきりした気分でもどってきた。それから、すぐに教室にはいらずに、前のとびらから佐々木《ささき》先生をこっそりながめた。

黒板《こくばん》にむかっているときの先生はニコニコしていなかった。怒《おこ》ってもいなかった。

書《か》き終《お》わってみんなのほうをむいたとき、佐々木《ささき》先生の顔はいつものニコニコになった。それから黒板《こくばん》にむかうと、ニコニコが消《き》えた。

大人はややこしい生《い》き物《もの》なのだ。

ハルは、佐々木《ささき》先生がニコニコ顔とニコニコでない顔を三回してから、後ろのとび

4.3-2

らに行って教室にはいった。

佐々木《ささき》先生は、ハルと目を合わせて、やさしくニコッとし、うなずいてくれた。

うれしかった。

うれしかったけど、黒板《こくばん》にむかっているときの顔を見てしまったので、ちょっとこわかった。

こわかったけど、佐々木《ささき》先生がずっとニコニコしているわけではないとわかって、ハルはすこしすっきりした。でも、ずっとニコニコしているのと、ニコニコ顔からニコニコでない顔に変身《へんしん》するのと、どっちのほうがつかれるかが気になった。

ハルは二年生になった今もまだ、そのことを佐々木《ささき》先生にきいていない。

＊

小学校にはいった最初《さいしょ》のころのハルは、たくさんの机《つくえ》が並《なら》んでいる教室も、授業《じゅぎょう》も初《はじ》めてだったから、どうしていいかわからなかった。

みんなが楽しそうに話していても、いっしょにさわげなかった。

とうさんに話すと、「そのうち慣《な》れるから大丈夫《だいじょうぶ》だよ。」と笑《わら》った。でも、そのうちっていつなのかハルにはわからなかった。こまっているのは今だし……。

大人ってほんとうに役《やく》に立たないなと思った。

ハルは、自分が通っていたみしま幼稚園《ようちえん》からやってきたヒロトとヤマトのふたりといつもいっしょにいることにした。

学校たんけんで、六年生に連《つ》れられてくつ箱《ばこ》や、お手洗《てあら》いの使《つか》い方《かた》、ランドセルの置《お》き場所《ばしょ》などを教えてもらうときもハルたち三人はくっついていた。

一週目は、みしま幼稚園《ようちえん》の安田《やすだ》先生がこわかったとか、遠足で行った動物園《どうぶつえん》でサルといちばん仲《なか》よくなったのはヒロトだったとか、ヤマトのおかあさんはかわいくてサイコーだとか、話すことはいっぱいあったから、ハルたちは楽しかった。

でも、二週目には、何を話していいかわからなくなってきた。

ヒロトは、わ〜ってさけびながら運動場《うんどうじょう》を走りまわるのがおもしろいっていうけど、ヤマトとハルは、どうしてそれがおもしろいかわからなかった。

ヤマトは、戦隊物《せんたいもの》のスノーレンジャーが大好《だいす》きで、

「昨日《きのう》のみた？　モモスノーが危《あぶ》なかったよね。」

とか興奮《こうふん》して話してくれたけど、みていないハルは、どう返事《へんじ》をしていいかわからなかった。

ヒロトは「あんなのうそだよ。」といった。

ハルが、

「『かいじゅうたちのいるところ』って絵本に出てくるかいじゅう、こわい顔なのにこわくないね」

といったら、ヒロトは、

「あんなの幼稚園《ようちえん》で読んでもらった絵本だよ。」

と笑《わら》った。

ヤマトは、「それ、忘《わす》れた。」といった。

それでもハルは、ふたりといると安心《あんしん》だった。だけど、いっしょにいると落《お》ち着《つ》かない。

どうしてかな？

安心《あんしん》なのに、落《お》ち着《つ》かない。

ハルにはそれが不思議《ふしぎ》だった。

ふたりも同じだったみたいで、三週目にヒロトはコウダイと仲《なか》よしになった。その次《つぎ》の週にはヤマトがタイチと仲《なか》よしになった。

もう三人でいることはなくなってしまったのだ。

ハルは教室でひとりになってしまった。

でもそのころには、仲《なか》よしがいないことが、あまり気にならなくなっていた。

時間割《じかんわ》りが配《くば》られ、教科書を使《つか》った授業《じゅぎょう》が始《はじ》まって、国語、算数、体育《たいいく》、図工といろんな勉強《べんきょう》と休み時間。お昼の給食《きゅうしょく》。毎日がいそがしくて、心配《しんぱい》したり、さびしがったりしているひまなんてなかったのだ。

*

今、ハルのいちばんの仲《なか》よしは、シュウマ。

でもハルは、シュウマといつ仲《なか》よしになったか、あんまり覚《おぼ》えていない。

たぶん、一年生の一学期《がっき》だと思う。

いそがしくしているうちに六月になっていて、気づけばハルはシュウマと仲《なか》よしに

ハル
シュウマくん

なっていた。

体育《たいいく》や図工で、ふたりひと組になるとき、みんなわりとすぐにふたりひと組になった。ヒロトがコウダイと。ヤマトがタイチと。

でも、仲《なか》よしがいないハルは、どうしたらいいかなあなんてぼーっと考えていた。するとシュウマが横《よこ》にすっと近寄《ちかよ》ってきた。それでふたりひと組ができあがり。だからハルもシュウマがぼーっとしているのを見ると近寄《ちかよ》ってふたりひと組になった。

シュウマはあんまり笑《わら》わない。話もあんまりしない。

体育《たいいく》が終《お》わったら、「つかれるね～。」っていうことはある。図工が終《お》わっても、「つかれるね～。」っていうことはある。ハルも、「そうだね～。」と返事《へんじ》をする。

たったそれだけのことなのだけど、ハルはほっとする。

シュウマは、どっちかっていうと、ひとりでいるのが好《す》きみたい。休み時間にどこかへ行ってしまうことが多いし、花だんの前でしゃがんで花を見ていたこともあった。だから、いつもいっしょにいるわけじゃない。いっしょのときだって、たくさん話をするわけじゃない。

シュウマが、「昨日《きのう》の夜ね、ママがちょっと泣《な》いてたの。」といったらハルは、「泣《な》きたいときってあるよね～。」とかえすとか、ハルが「とうさんとかかあさんが、また顔を見ないで話していたよ。」というと、シュウマが「人の顔を見るのはつかれるからね～。」とかえすとか、それくらいだ。

でも、ハルにはわかる。シュウマはハルを気に入っていて、ハルもシュウマを気に入っていることが。

それがすごくうれしい。

ある日、とうさんが「ハル、学校に慣《な》れたか?」ときいたとき、一年生のハルは笑《わら》ってこういった。

「うん。そのうちに慣《な》れた。」

*

「ハル、ひとりぼっちね。」

給食《きゅうしょく》のあと、自分の席《せき》で、おなかがいっぱいになって、ぼーっとしていると、ユズが声をかけてきた。

シュウマは、給食《きゅうしょく》が終《お》わるとすぐにどこかへ消《き》えてしまっていた。よくあることだからハルは全然《ぜんぜん》気にしていないけど。

ユズは、前に同じマンションに住《す》んでいた女の子。

ふたりとも砂場《すなば》が大好《だいす》きで、幼稚園《ようちえん》ではいっしょに遊《あそ》んだ。ハルは砂《すな》で山を作るのが得意《とくい》で、ユズは砂《すな》をほっていくのが得意《とくい》だった。ユズが砂《すな》をつかんで、指《ゆび》の間からサラサラ落《お》とすと、ハルがそれを両手《りょうて》で受《う》けとめるのもよくやった。

八歳《さい》になった今、思いだすとなんであんなことが楽しかったのかなと思うけれど、楽しかった。

ユズといるとき、何して遊《あそ》ぶかは、いつもユズが決《き》めていた。

ユズが、「次《つぎ》はリスさんになろうか。」とか、「今度《こんど》は、あっちむいてホイ！　がいいよね。」とか、「そうだ、足ジャンケンしたいよね。」とかいうと、ハルは、ああ、それがしたいなと思ってしまうのだった。

ハルもときどき、「お絵かきしようよ。」とか、「ブロックくずしは？」といってみるけれど、ユズが、「どうかな～。」というと、ちょっと自信《じしん》がなくなって、ユズがいった遊《あそ》びのほうがおもしろいかなと思ってしまうのだった。

「ハルは私《わたし》の弟よ。」

ユズはよくいっていた。「どうして。」ってきくと、「私《わたし》のほうが二十五日も先に生まれたでしょ。」とこたえた。

ところが小学校にはいってから、ハルとユズはどっちからもだんだん話さなくなった。

ユズはすぐに仲《なか》よしを作ったし、ハルはヒロトたちといっしょにいた。

ヒロトは幼稚園《ようちえん》のころよくユズに「ヒロトくん、だめでしょ。」としかられていたから、たぶんユズを好《す》きじゃない。ヤマトは「女なんて、ゲエだよ。」といっていた。

「うん、今はひとりだよ、角野《かどの》さん。」

角野《かどの》というのはユズの名字だ。

「角野《かどの》さんじゃないわ。え〜と、角野《かどの》さんだけど、ユズだよ。」

幼稚園《ようちえん》のときはユズちゃんって呼《よ》んでいた。そうだな。角野《かどの》さんは、ユズちゃんだ。

「わかった、ユズちゃん。」

「ハル、私《わたし》たちと話す？」

ユズは、窓《まど》ぎわを指《ゆび》さした。

そこには女の子がふたり。ユズの友だちの、末吉《すえよし》キララと、松本《まつもと》カナだ。

「いいよ、べつに。」

「べつにじゃないの。ハル、おいで。」

ユズはハルの手をひっぱった。

ユズの力が強かったのもあるけれど、ハルはユズとひさしぶりに話ができるのが、うれしかった。

「うん。」と返事《へんじ》をしたら、ユズが笑《わら》った。

もっとうれしくなった。

ユズちゃん
カナちゃん
キララちゃん

04 カナ、ハルとちょっと話す。

カナが休み時間にいっしょに遊《あそ》ぶのは、ユズとキララ。

小学校に入学したばかりのとき、最初《さいしょ》に声をかけてくれたのがとなりの席《せき》のユズだった。

「そのソックス、かわいいね。」

カナがはいていたのは、真《ま》っ白《しろ》で足首のところに細く赤い糸がはいっているもの。

カナはユズのソックスを見た。キリンの絵があって、足首には小さな白いリボンがついている。

「それもかわいいね。」

と、カナは返事《へんじ》をした。

するとユズは、

「かわいくないよ〜。子どもみたい。」

といったのだ。

「あのね。これ、かあさんが『かわいい』からって買ったの。でもユズはもう小学生だから、こんな子どもっぽいのは、はきたくないの。わかる?」

ユズがそういって笑《わら》った。そのとたんカナは、自分は幼稚園児《ようちえんじ》じゃなくて、もう大きいんだと思えるようになった。

不安《ふあん》がすこし消《き》えるのがわかった。

「私《わたし》はキリンさん好《す》きだけどな。ゾウさんはもっと好《す》きだけど。」

とカナの後ろで声がして、それがキララだった。

それから三人はよく話すようになり、いつもいっしょにいるようになった。

仲《なか》よしになってから一年と八か月が過《す》ぎて、まだ三人は仲《なか》よし。

これまでにけんかしたのは、カナとユズが七回。ユズとキララが九回。キララとカナが六回。カナは数を数えて覚《おぼ》えている。

「カナちゃん、そんなの数えておかなく

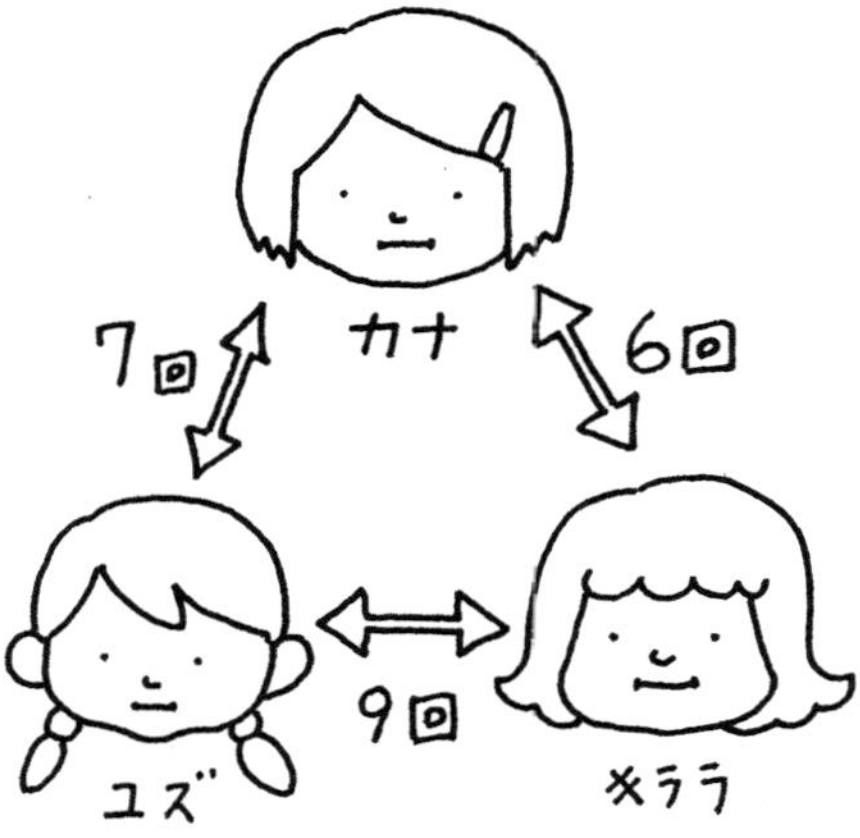

てもいいよぉ。」

とキララは口をとがらせる。

「カナちゃん、ひますぎ。」

とユズがカナの鼻先《はなさき》をつっつく。

でもカナは、数えておくと、ちょっと安心《あんしん》。

七回と九回と六回もけんかして、それでもまだ仲《なか》よしなのがカナにはうれしい。けんかの数が百回になっても仲《なか》よしだったら、どれくらいうれしいかなって、ときどきカナは想像《そうぞう》してみるのだ。

＊

「男の子って、ほんとうに、ゲエだよね。」

お昼休みにキララが、鼻《はな》の頭に指《ゆび》をおしつけて、ぶたの鼻《はな》みたいにした。

「ヨシオとコウダイ、私《わたし》のお誕生会《たんじょうかい》のとき、かあさんが作ってくれたカップケーキをたくさん食べすぎだよ。」

「ヨシオくんが九個《こ》で、コウダイくんが、あ、コウダイくんも九個《こ》。」

カナは数をいった。

「カナちゃんとユズちゃんの分がなくなってしまったでしょ。」

「一個《こ》食べたよ。キャラメル味《あじ》の。おいしかったあ。」

ユズがうっとりした。

「一個《こ》じゃだめ。チョコレート味《あじ》も、マッチャ味《あじ》もおいしかったんだから。カナちゃんは？」

「私《わたし》は、サツマイモがはいったやつ。」

「ゲエ。あれ、おいしい？」

「キララちゃん、食べてないの？」

「だって、おいもが四角く切ってあって、ごろごろはいっているんだもん。ぶさいく。最初《さいしょ》にあれを食べるカナちゃんって、へんだよ。」

「そうかなあ。」

「とにかく、男の子は、ゲェなの。歌を歌うのだって、自分たちばっかりマイクを持《も》っていたし。」

キララがまた、指《ゆび》でぶたの鼻《はな》を作った。

たしかに、ヨシオたちはふたりだけで

食べて、さわいで、歌って、笑《わら》って、帰っていった。

ユズは、キララを見ていった。

「男の子じゃなくて、あのふたりが、ゲェなんでしょ。お誕生会《たんじょうかい》にさそったキララちゃんも悪《わる》いよ。」

「私《わたし》は悪《わる》くないもん。ふたりは幼稚園《ようちえん》のときのお友だちだし、去年《きょねん》まではいい子にしてたもん。」

カナは去年《きょねん》のことを思いうかべた。ふたりはたいくつそうに、リビングのすみのクッションにおとなしくすわっていた。

「ヨシオくんたち、大きくなったからだよ。」

カナがいうと、

「大きくなったって、悪《わる》く変《か》わったらだめでしょ、カナちゃん。どうして、変《か》わっちゃうんだろうね、男の子って。」

キララが、はあ～っと息《いき》を吐《は》いた。

「そうだ！　きっとまだ変《か》わっていない男の子がいるよ。」

ユズが教室の後《うし》ろ側《がわ》、とびらの近くを指《ゆび》さした。

「日向《ひゅうが》くんか。あんまり話したことない子だよ。」

といったキララにユズが、

「話す？」

ときいた。

「おもしろそうだから、話す、話す。」

とキララが返事《へんじ》をした。

日向《ひゅうが》ハルくん。

カナはそんなに知らない男の子だった。

＊

「ハルはね、私《わたし》たちがかあさんのおなかの中にいたころからの知り合いなんだよ。」

ユズがハルを見ながらいった。

「知り合ってないよ。かあさんどうしが知り合いだっただけ。」

ハルがこまったように笑《わら》った。

「私《わたし》のほうが二十五日、先に生まれたんだよ。」

「じゃあ、ユズちゃんは二十五日間、ハルくんより一歳《さい》年上なんだ。」

とカナがいうとハルが、

「カナちゃん、おもしろいこと考えるね。え〜と、そう、ぼくはユズちゃんより一歳《さい》年下のときが二十五日ある。今は同じ八歳《さい》だけどね。」

といいながら笑《わら》った。

59　カナ、ハルとちょっと話す。

「私《わたし》もおにいちゃんのリンが二歳《さい》年上のときと一歳《さい》年上のときがあるよ。」

「二歳《さい》はなれているときって、どれくらいあるの。」

ハルがきいた。

「えっとね。十か月。」

カナはもうすこし細かく教えようと頭の中で数を数えだしたけど、すぐにユズがいった。

「ほら、ハル。カナは十か月も、二歳《さい》年下の妹のときがあるんだよ。ハルはたった二十五日、私《わたし》の弟なだけだよ。」

「二歳《さい》年上のときって、一歳《さい》年上のときとちがう？」

ハルがカナにきいた。

そんな質問《しつもん》をしたのはハルが初《はじ》めてだった。

「二歳《さい》年上のときのほうが、ずっと生意気《なまいき》。」

カナがそういうと、ハルがユズを見た。

「私《わたし》、年上のとき、生意気《なまいき》じゃない。」とユズがふくれた。

ハルがニコッとした。

「うん。ユズちゃんは、生意気《なまいき》じゃないよ。でも、何して遊《あそ》ぶかはいつもユズちゃんが決《き》めてたよ。」

「え～。そうだったっけ？」

ユズがびっくりしたようにいった。

「うん。」

「忘《わす》れたあ～。」

「うん。ぼくもさっきまで忘《わす》れてたあ～。」

ふたりが顔を見合わせていっしょに頭をかいたので、みんなで笑《わら》った。

「ユズちゃんと、こんなに話したの、ひさしぶり。」

「あ〜と。そんなに話してなかったっけ？」

「ないよ。」

「そうかあ。」

ユズとハルがまた顔を見合わせて、今度《こんど》はいっしょに首をかしげた。

「ふたりって、おもしろい！」

キララが手をたたいて笑《わら》った。

63　カナ、ハルとちょっと話す。

05

不《ふ》思《し》議《ぎ》な気《き》持《も》ち。

ハルはユズとひさしぶりに話せてうれしかった。

ユズちゃんはあんまり変《か》わってないなと思った。

ぼくのほうは変《か》わったのかな？　と考えてみたけれど、よくわからなかった。

「ハルと私《わたし》は、生まれた病院《びょういん》も同じだし、公園デビューも同じなのよ。」

「公園デビューって、何？」

カナがきくとユズは、

「近所《きんじょ》の公園で、知らない子どもたちに初《はじ》めてあいさつすることよ。」

とこたえた。

「公園デビューするのは親で、ぼくたちじゃないと思うけど。」

ハルが、いった。

「え～、そうなの。でもそれだと、なんだか、がっかり。私《わたし》、自分がデビューしたんだと思ってた。」

するとカナが、

「親といっしょにユズちゃんもデビューしたんじゃないかな。だってユズちゃんもハルくんもきっと、知らない赤ちゃんと公園で知り合ったでしょ。」

と笑《わら》った。

そうか、そんなふうに考えたら、ユズちゃんもぼくも公園デビューしたんだ、とハルは気づいた。ヒロトと最初《さいしょ》に会ったのも公園でだもん。

さっきの二十五日間だけ年上って話もそうだけど、カナちゃんっておもしろい考えをする女の子だなとハルは思った。

「じゃあ、ユズちゃんとハルくんは公園デビューも幼稚園《ようちえん》もいっしょで、仲《なか》よしなんだ。」

キララがいった。

「うん。ハルはいつも私《わたし》を守《まも》ってくれたよ。」

ユズが、キララにいった。

「いいねえ。」

キララが、ハルをじっと見つめた。

ハルはびっくりした。

「ちがうよ。ユズちゃんがいつもぼくを守《まも》ってくれていたよ。ヒロトくんが、ぼくのスコップをかくしたときも、見つけてくれたのはユズちゃんだった。そのあとヒロトくんをしかってくれたし。」

「そんなことあったね～。忘《わす》れてた。」

「ぼくは覚《おぼ》えてた。」

ユズがハルを見ていった。

「でもハルは、小学校にはいったらヒロトたちと仲《なか》よしになったじゃない。」

ハルはちょっと天井《てんじょう》を見上げてから、いった。

「一年生になって、どうしていいかわからなかったの。それで幼稚園《ようちえん》でいっしょだった三人で集《あつ》まったんだよ。」

「私《わたし》といればよかったのに。」

ユズが怒《おこ》ったようにいった。

ハルは、ユズたちを見回してからこたえた。

「ユズちゃんも女の子と集《あつ》まっているでしょ。キララちゃん、カナちゃんといっしょ

男
女

に。ぼくも同じ。よく知っている男の子三人で集《あつ》まったの。」

ユズはみんなを見回してから腕《うで》を組んだ。

「そうかあ。同じだね。どうして女の子は女の子で、男の子は男の子で固《かた》まるのかな。不思議《ふしぎ》だね。でも、私《わたし》は知らない子のカナちゃんに話しかけたよ。そして仲《なか》よしになったよ。なのにハルは、幼稚園《ようちえん》の知り合いと集《あつ》まったのね。ヒロトのこと好《す》きじゃないのに。」

ユズにそういわれてハルは、たしかにそうだな、ぼくは自分から動《うご》くことってそんなにしないな、行動的《こうどうてき》じゃないんだなと思った。

「うん。ぼくは勇気《ゆうき》がなかった。今もあんまりない気がするけど。」

そういったら、キララが、

「男の子が勇気《ゆうき》なかったらだめだよ、ハルくん。」

と笑《わら》って、ユズが、

「ハル、幼稚園《ようちえん》のときと変《か》わらないね。」

とハルの頭をなでた。

カナは、ちょっと考えてから、

「勇気《ゆうき》がないっていえるハルくんって、勇気《ゆうき》があると思うな。」

といった。

え？

どういうことなの？

ハルはカナのいっていることがよくわからなかった。

「カナちゃん、むずかしいこといいすぎ。」

キララがカナをにらんだけど、ほんとうに怒《おこ》っているわけではないのは、ハルにもわかった。

カナが、またすこし考えた。それからこういった。

71　不思議な気持ち。

「私《わたし》、自分が勇気《ゆうき》ないなんていえないよ。なんか負《ま》けたみたいな気がしてしまうもん。勇気《ゆうき》がないって思われたらいやだもん。」

「それはそうだね。私《わたし》もいいたくない。ヨシオやコウダイもきっとそうだよ。ユズちゃんは？」

とキララがユズを見た。

「私《わたし》は絶対《ぜったい》にいやだよ。」

ユズもうなずいた。

ハルは、自分はやっぱり弱虫なんだなと思った。

カナが見つめたのでハルはドキドキした。

「みんないいたくないのに、ハルくんは自分から勇気《ゆうき》がないっていったでしょ。それって、すごく勇気《ゆうき》があることだと思うの。」

カナは、ちょっと首をかしげながらまじめな顔で話していた。

ハルは、不思議《ふしぎ》な気持《きも》ちになった。目をふせたくなるような気持《きも》ち。ふせたくないような気持《きも》ち。どこかへ消《き》えてしまいたいような気持《きも》ち。ずっとここにいたいような気持《きも》ち。

「やっぱりカナちゃん、むずかしいこといいすぎ。」

キララが笑《わら》った。

「ごめん、キララちゃん。でも、そう思わない？」

「正直だってことよね。」

キララがいって、カナがうなずいた。

「ハルは幼稚園《ようちえん》のころからうそはつかなかったから、勇気《ゆうき》がないってこともうそをつかずに話したんだよ。」

ユズがいった。

「ぼく、うそをついたことあるよ。ぼくがうそをつかないってユズちゃんの話は、うそだから。」

ハルが頭をかいたら三人が笑《わら》った。

「今、仲《なか》よしの男の子ってあんまりいないみたいね。」

ユズがハルを見た。

「いるよ。シュウマくん。」

するとキララがまた指《ゆび》で自分の鼻《はな》の頭をおして、

「え〜！　シュウマって、いつもいないよね。ゲェだよ。」

といった。

「ちがうよ、キララちゃん。シュウマくんは、ゲェじゃないよ。したいことをしているだけだから。」

ハルがそういうと、カナが、

「それならきっと、シュウマくんも勇気《ゆうき》があるのよ、キララちゃん。」

と笑《わら》った。

ハルはすごくうれしくなった。

06 子どもは勉強《べんきょう》がきらいか？

家に帰ったカナは、キッチンにはいって冷蔵庫《れいぞうこ》からほうじ茶のポットを出して飲《の》んだ。

「ほうじ茶、サイコー！」

と声を出すと、テーブルで新聞を読んでいたかあさんがふきだした。

「カナって、なんかおやじみたいね。」

「おやじって？」

「とうさんみたいな人よ。」

「そうかあ。今度《こんど》とうさんをおやじって呼《よ》んでみるね。」

カナがそういうとかあさんは、

「それはやめておいたほうがいいと思うよ。」

とこたえた。

なら、絶対《ぜったい》にいおうとカナは誓《ちか》った。

「学校はどうだった？」

「ユズちゃん、キララちゃんとお話しした。いつもと同じ。」

「仲《なか》よしがいていいわね。いっしょに楽

しく遊《あそ》びなさい。勉強《べんきょう》のほうはどう？」

「心配《しんぱい》ない。え〜と、たぶん、心配《しんぱい》ない。」

「勉強《べんきょう》も忘《わす》れちゃやだめよ。」

「わかってる。」

カナは階段《かいだん》を上って自分の部屋《へや》にはいった。

「勉強《べんきょう》も忘《わす》れちゃやだめよ。」かあ。

カナはかあさんのいっていることはまちがっていないと思う。

でも、子どもは勉強《べんきょう》がきらいだと思いこんでいるのが不思議《ふしぎ》だ。

カナは勉強《べんきょう》をきらいではない。知らなかったことを知るのは楽しいし、わからなかったことがわかるようになるのはうれしい。

気持《きも》ちの悪《わる》い青虫がチョウチョウに変《か》わると知ったときは感動《かんどう》したし、じしゃくで砂鉄《さてつ》が生《い》き物《もの》のように動《うご》くのを見たときはドキドキした。

勉強《べんきょう》は楽しい。

楽しくないのもあるけれど、楽しいことも多い。

かあさんも子どものときがあったはずなのに……。

もしかしたら、大人になると忘《わす》れてしまうのかな？

そうだとしたらそれは、ものすごく悲《かな》しいことなんじゃないかとカナは思った。

かあさんにはできるだけやさしくしてあげよう。

*

「え～と、タコは足が八本でしょ。それで五匹《ひき》いるから、八本×五匹《ひき》で、四十本。」

晩《ばん》ごはんのあと、カナは算数の宿題《しゅくだい》をしていた。

「あ、五本×八匹《ぴき》でもいいのかな？　それでも同じ四十本だよね。どっちでもいいのかな？　ちがうのかな？」

覚《おぼ》え始《はじ》めた九九で試《ため》してみる。ハチゴはシジュウ。それと、ゴハもシジュウ。

やっぱり同じ。

でも五本×八匹《ぴき》の計算と八本×五匹《ひき》の計算はちがうはずだし、でも同じ四十本だし。

かけ算を習《なら》い始《はじ》めたカナは、足し算と引き算が大好《だいす》きだったときよりもっと、算数が好《す》きになりかけていた。八＋八＋八＋八＋八って計算していたのが、かけ算を使《つか》えばすぐにわかるのがおもしろい。

かけ算、サイコー！

「カナ、風呂《ふろ》だって、かあさんが呼《よ》んでるぞ。」

リンがタオルで頭をふきながら部屋《へや》のドアを開《あ》けた。

「ノックなしで開《あ》けないでよ、おにいちゃん。」

「おまえだって開《あ》けるじゃないか。」

「それはそうだけど……。」

リンがカナの勉強机《べんきょうづくえ》に近づき、ノートをのぞいた。

「あ、おまえ今、かけ算習《なら》ってるのな。」

「タコの足は八本で、それが五匹《ひき》で足は何本でしょう？」

「ぼくは四年生だぞ。そんな簡単《かんたん》な問題《もんだい》……、四十本だ。」

「おにいちゃん、すごい。でも、五本×八匹《ぴき》でも四十本でしょ。」

「タコの足は八本だろ。五本で数えるな

よ。」

「そうかあ。おにいちゃん、やっぱりすごい。あ、私《わたし》ね、八本足のタコ五匹《ひき》で足は四十本というのは計算できるけど、とうさんとかあさんとおにいちゃんと自分で手足は何本とは数えたくないな。」

リンはじっとカナを見つめた。

「おまえ、へんなこと考えるやつだな。ぼくの手足をカナの手足といっしょに数えるなよ。」

「でも、タコだってきっと、タコのおとうさんとか、タコのおかあさんとか、タ

コのおにいちゃんとかがいるよ。」

「なんでそんなふうに考えるのかなあ。おまえ、へん。」

リンはばかにしたように笑《わら》った。

「へんじゃないもん。」

リンはタオルを首にかけてから、カナの算数の教科書を取《と》って、ページをめくった。

「そうかあ。二年生はまだか。」

リンが教科書を机《つくえ》に置《お》いた。

「何が？」

「次《つぎ》は割《わ》り算《ざん》を習《なら》うんだぞ。今度《こんど》は割《わ》るんだぞ。そのとき、そんなふうに考えていたら、気持《きも》ち悪《わる》いだろ。タコのおとうさんを割《わ》ったり、ぼくを割《わ》ったりなんて。」

「じゃあ、おにいちゃんは割《わ》らないことにする。」

カナは頭の中でリンを割《わ》ろうとしてみたけれど、縦《たて》に割《わ》ればいいか横《よこ》に割《わ》ればいいか考えて、くふっと笑《わら》った。

「おにいちゃん、算数っておもしろいね。」

「なんで算数がおもしろいんだよ。おもしろいわけないだろ。やっぱりおまえ、すごく、へん。」

リンがカナを指《ゆび》さして、またばかにしたように笑《わら》った。

カナは今日、学校でハルにリンのことを話したのを思いだした。

「そうだ。おにいちゃんって勇気《ゆうき》ある

の？」

「なんだよ、急《きゅう》に。あるに決《き》まっているだろ。」

「やっぱりね。」

「男は勇気《ゆうき》がいちばんなんだぞ。」

「なんで？」

「なんでって、それは男だからだよ。」

「そうなんだ。」

「そうなんだよ。」

カナはリンに話すかどうかちょっと迷《まよ》ったが、いってみた。

「今日、勇気《ゆうき》がないっていう男の子と話した。」

「なんだよ、そいつ。へたれだな。」

リンがばかにしたように笑《わら》った。

「へたれじゃないよ、勇気《ゆうき》があるんだよ。」

「あ～、おまえのいうこと、わかんない。早く風呂《ふろ》にはいれよ。かあさんが待《ま》ってるぞ。」

カナはパジャマを持《も》って風呂場《ふろば》に行った。

「今日はひとりでお風呂《ふろ》にはいっていい？」

かあさんがうれしそうな顔をして、

「いいわよ。」

と笑《わら》った。

バスタブにつかってカナは、「男は勇気《ゆうき》がいちばんなんだぞ。」といったリンは、二歳《さい》年上のときの生意気《なまいき》な表情《ひょうじょう》をしていたなと思った。「へたれだな。」といったときは、もっと生意気《なまいき》だった。

カナはたいていのときはリンを好《す》きだが、こういうリンはきらい。

リンは男の子だから、あんなふうに生意気《なまいき》な態度《たいど》をするのかな?

カナは「勇気《ゆうき》がない。」っていったハルの顔を思いうかべた。

風呂《ふろ》からあがったカナは体をふいてから、洗面台《せんめんだい》の下の踏《ふ》み台《だい》を出してその上にのった。使《つか》わなくても鏡《かがみ》は見えるけれど、これにのったほうが落《お》ち着《つ》くのだ。

カナは鏡《かがみ》をのぞきながら両手《りょうて》でかみの毛《け》をくしゃくしゃにした。

07 ハル、今日のことを考える。

ハルはとうさんと風呂《ふろ》にはいっていた。

前は、かあさんともはいっていたし、三人でもはいっていた。でもこのごろはひとりがいい。おぼれないかと心配《しんぱい》なのか、かあさんがときどき「湯《ゆ》かげんは、どう?」と、ききにくるのがちょっといやだけど、それでもひとりのほうがほっとする。

今日は、とうさんが「ひさしぶりにいっしょにはいろうか。」といったのでハルはつきあってあげた。

「このごろ、勉強《べんきょう》は、どうだい？」

バスタブの中でハルとむかいあったとうさんが、「プハー。」といってからきいた。

どうして親は勉強《べんきょう》のことをよくたずねるのだろうと、ハルは不思議《ふしぎ》。学校でたくさん授業《じゅぎょう》を受《う》けて、頭はもうグルグルしているから、家では勉強《べんきょう》の話はあんまりしたくない。

「まあまあ、かな。」

「それならいいか。シュウマくんは元気かい？」

「今日は、ナミテントウをつかまえてきてた。テントウムシってアブラムシを食べるんだよ。家に出る大きいのじゃなくて、植物《しょくぶつ》につく小さいのをだって。知ってた？」

とうさんがうなずいた。

「ぼく、大きいアブラムシは見たことあるけど、小さいのは知らない。かわいいの？」

「そうでもないよ。」

「シュウマくんがいないから、お昼休みにぼくがひとりでいたら、ユズちゃんがね。」

ハルは今日のことを話した。

「ユズちゃんは、今もハルのことを自分の弟みたいに思ってくれているんだな。それと、カナちゃんって子がおもしろいなあ。勇気《ゆうき》がないっていえるのは勇気《ゆうき》がある。なるほどね。その子も二年生なんだろ？」

「そう。二年二組。」

「大人だなあ。」

と、とうさんがいったのでハルは、ふふっと笑《わら》ってしまった。

「だからあ、カナちゃんは二年二組だよ。」

「だからあ、カナちゃんは二年二組なのに、考え方が大人だなあ、ってさ。」

そういわれてハルは思わず大人のカナちゃんを想像《そうぞう》してしまった。思いうかんだのは、かあさんくらいの大きな体にカナちゃんの顔がのっている姿《すがた》だった。

それがあんまりへんだったので、ハルはニヤニヤしてしまった。

「なんだよ、気持《きも》ち悪《わる》いやつだなあ。笑《わら》えない話《はなし》ゲームだとハルの負《ま》けだぞ。」

おもしろくなってきたハルは、ユズやシュウマも大人にしてみた。

やっぱりみんなへんだ。

「とうさん、子どもは子どものままがいいよ。」

「そうか。なら、子どものままでいなさい。」

とうさんはハルの鼻《はな》をつまんだ。

部屋《へや》にもどったハルは、明日《あす》の準備《じゅんび》をした。ランドセルに教科書やノートを入れる。

去年《きょねん》は、親に毎晩《まいばん》手伝《てつだ》ってもらっていたけれど、二年生になってひとりでできるようになった。今では、自分でそろえるのが楽しい。

音楽、国語、図工、算数。

算数は苦手《にがて》だけれど、ほかは好《す》きだ。

教科書とノートを全部《ぜんぶ》そろえて、合っているかもう一度たしかめて、ランドセルに入れた。

入学したころ、ランドセルは今ほど重《おも》くは感《かん》じなかった。

今のほうが体が大きくなっているのに不思議《ふしぎ》だな。

かあさんが部屋《へや》にやってきて、「準備《じゅんび》はできた？」ときいたので、ハルは今考えていたことを話した。

すると、かあさんがランドセルを片手《かたて》で持《も》ちあげた。

「入学したころのハルは、ものすごくきんちょうしていたから、ランドセルが重《おも》いのも気づかなかったのよ。今は学校にも慣《な》れたから、重《おも》さをちゃんと感《かん》じられるようになったのじゃないかな。」

「ほんとう？」

かあさんがしゃがんでハルのほっぺたを指先《ゆびさき》で軽《かる》くつっついた。くすぐったい。

「私《わたし》はそうだったわよ。だからハルもそうじゃないかなって思った。」

かあさんも小学生だったときがあるんだ。

そうだ。子どものころのかあさんの顔を見れば、大人になったカナちゃんの顔を想《そう》像《ぞう》できるかもしれない。

「小学生のかあさん、見たい。ビデオある？」

「私《わたし》が子どものころには、撮影《さつえい》はできなかったわよ。」

「どうして？」

「家にビデオカメラなんかなかったの。」

「大昔《おおむかし》なんだ。」

「すこし昔《むかし》よ。でもハルには大昔《おおむかし》ね。写真《しゃしん》ならあるわよ。」

「それ、見たい。」

「わかった。今度《こんど》ね。かあさん、ものすごくかわいいぞぉ。」

そういいながらかあさんは立ちあがって、ランドセルを背負《せお》ってみせた。

ランドセルは、とても小さく見えた。

「教科書のサイズが変《か》わったからだけど、ランドセルって昔《むかし》より大きくなったのよ。」

「じゃあ、子どものかあさんは、今のぼくより楽だったんだ。」

ハルは笑《わら》った。

「あ、そうだよね。」

かあさんがランドセルを下ろした。


ベッドの中でハルは、今日ユズたちと話したことを思いだしていた。

女の子ばっかりで、ちょっときんちょうした。

ユズがいっていたけど、いつのまにか男の子は男の子どうし、女の子は女の子どうしでいっしょにいるようになっていた。

ハルはこれまでの八年間をふりかえった。

幼稚園《ようちえん》ではユズといっしょのときが多かったのはたしかだ。ユズは、ハル、ハルって、いつも声をかけてくれた。ハルがひとりで楽しく遊《あそ》んでいるときでも、ハル、ハルって近づいてくるから、それはちょっといやだったけど。

小学校にはいったのとユズがマンションを出て二階《かいだ》建ての家に引《ひ》っ越《こ》したのもあって、学校から帰ったあと、あんまり話さなくなった。

今日話しかけてくれたとき、前は仲《なか》よしだったから、よけい不安《ふあん》だった。だってユズが変《か》わっていたら悲《かな》しいし。

でも、ユズは前とそんなに変《か》わっていなかった。よかった。ぼくもそんなに変《か》わっていなかったみたい。よかった。

ハルはベッドの中で横《よこ》になって小さく深呼吸《しんこきゅう》した。

シュウマがいないときは、ユズたちと話していてもいいかもしれない。

97　ハル、今日のことを考える。

あ、シュウマもいっしょに話すのはどうだろう？　ひとりが好《す》きなシュウマはいやがるかな？

「シュウマくんも勇気《ゆうき》があるのよ。」ってカナが話していた。ハルもそうだと思う。

ハルは、シュウマを「へんなやつ。」とか「気持《きも》ち悪《わる》いやつ。」とか悪口《わるくち》をいう子を知っている。でも、気にしないでいるシュウマは、カナがいうとおり、ほんとうに勇《ゆう》気《き》がある。それから……。

それから、そういうカナも勇気《ゆうき》がある、とハルは思った。

シュウマ、ユズ、キララ、カナ。ハルは、ひとりひとりの顔を頭の中にうかべた。

でもいつのまにかハルは、カナの顔だけを、何度《なんど》も何度《なんど》も思いうかべてしまった。

どうして？

99　ハル、今日のことを考える。

08

カナ、ハルのことを考える。

次《つぎ》の日カナは、窓《まど》ぎわの席《せき》に腰《こし》を下ろして、男の子たちを見ていた。

昨日《きのう》、ハルが「よく知っている男の子三人で集《あつ》まったの。」といったとき、ユズは「どうして女の子は女の子で、男の子は男の子で固《かた》まるのかな。不思議《ふしぎ》だね。」と返事《へんじ》をした。

カナはその不思議《ふしぎ》について考えていたのだ。

幼稚園《ようちえん》のころのカナはカモメ組の男の子を、あんまり男の子とは思っていなかった。吹田《すいた》くんも、菅野《すがの》くんも、サトシくんも、みんなカモメ組のお友だちなだけだった。べつにうるさくはなかったし、ちょっと乱暴《らんぼう》かなと思うときは多かったけれど、女の子でもっと乱暴《らんぼう》な子もいた。カナだって、怒《おこ》るとこわい女の子になった。

教室の男の子たちは、さわがしい。でも、女の子でもそういう子はいる。反対《はんたい》に男の子でもおとなしい子はいる。

さわがしいとか乱暴《らんぼう》とかは関係《かんけい》ないな。

男の子と女の子はちがうのかな？　とカナが強く思ったのは、初《はじ》めてランドセルを背《せ》負《お》って学校に行ったとき。

男の子のランドセルはほとんど黒なのに、女の子のはピンクや赤や、かぶせに花柄《はながら》が描《えが》かれたものなどがあった。カナのもピンクに白いふちどりがしてあるランドセル。

家に帰って、黒いランドセルのリンにきいたら、

「男と女はちがってるに決《き》まってているだろ。」

といわれた。かあさんにきくと、

「それ、かわいいからいいでしょ。」

といわれた。

たしかにカナはそのランドセルを気に入っていた。かわいいと思っている。

でも、どうして男の子と女の子でそんなに色がちがうのかが、カナにはやっぱりわからなかった。

そのときからカナは、男の子がちょっと遠くなったような気がしている。

ユズやキララといると楽しい。ふたりといると安心《あんしん》できる。けんかをしても、仲直《なかなお》りしたいなってすぐに思う。それは女の子どうしだからかな？

カナは男の子と仲《なか》よくなって、それからけんかをしたらどうなるんだろうと考えた。リンなら、けんかしてもすぐに仲直《なかなお》りする。それはおにいちゃんだからかな？

カナはハルを見た。

ハルは今日もひとりで本を読んでいた。教室を見回してもシュウマはいなかった。

カナはハルもシュウマも知っているけれど、ふたりが友だちだなんて知らなかった。

カナは頭の中で、二年二組二十五名を思いうかべた。一年二組のときからずっといっしょだから、みんなの顔と名前は知っている。

でも、ひとりひとりがどんな子かと考えると、よく知っている人は少ない。ユズとキララ以外《いがい》は数人だけだ。

みんなのこと、知っているみたいで、知らないんだ、私《わたし》。

カナはちょっとびっくりした。

「カナちゃん、今日、ウサギ屋《や》に行かない？」

キララがニコニコ笑《わら》いながらきいてきた。

ウサギ屋《や》は、スーパーやコンビニには置《お》いていないお菓子《かし》や風船を売っている小さくて古いお店。何歳《なんさい》かわからないおばあちゃんが店長さん。佐々木《ささき》先生が、

「ぼくが子どものころからあったな。」

といっていたから、ものすごく古いはずだ。

「いいね、キララちゃん。」

「寒《さむ》くなったから、やっぱりアイスだよ。」

キララが両手《りょうて》でグーを作るとユズが、

「どうして寒《さむ》くなったからアイスなのよ。」

と軽《かる》くたたくまねをした。

カナはふたりのやりとりをききながら、気持《きも》ちいいなあと思った。こうして三人でいるのって、気持《きも》ちがいいなあ。

やっぱりそれは女の子どうしだからだろうか？

カナは、またハルを見た。

勇気《ゆうき》がないっていった男の子。

一年生のときからずっと同じクラスだから顔は知っているけれど、それ以外《いがい》はあんまり知らない男の子。

運動会《うんどうかい》で走るの速《はや》かったかな？
覚《おぼ》えていないな。
どの科目が得意《とくい》なのかな？
知らないな。

ハルが本を閉《と》じて、顔をこちらにむけた。

ハルの目とカナの目が合った。
ハルが笑顔《えがお》を見せる。
どうしてかカナはおどろいてしまった。
それから、カナもあわてて笑顔《えがお》をかえした。

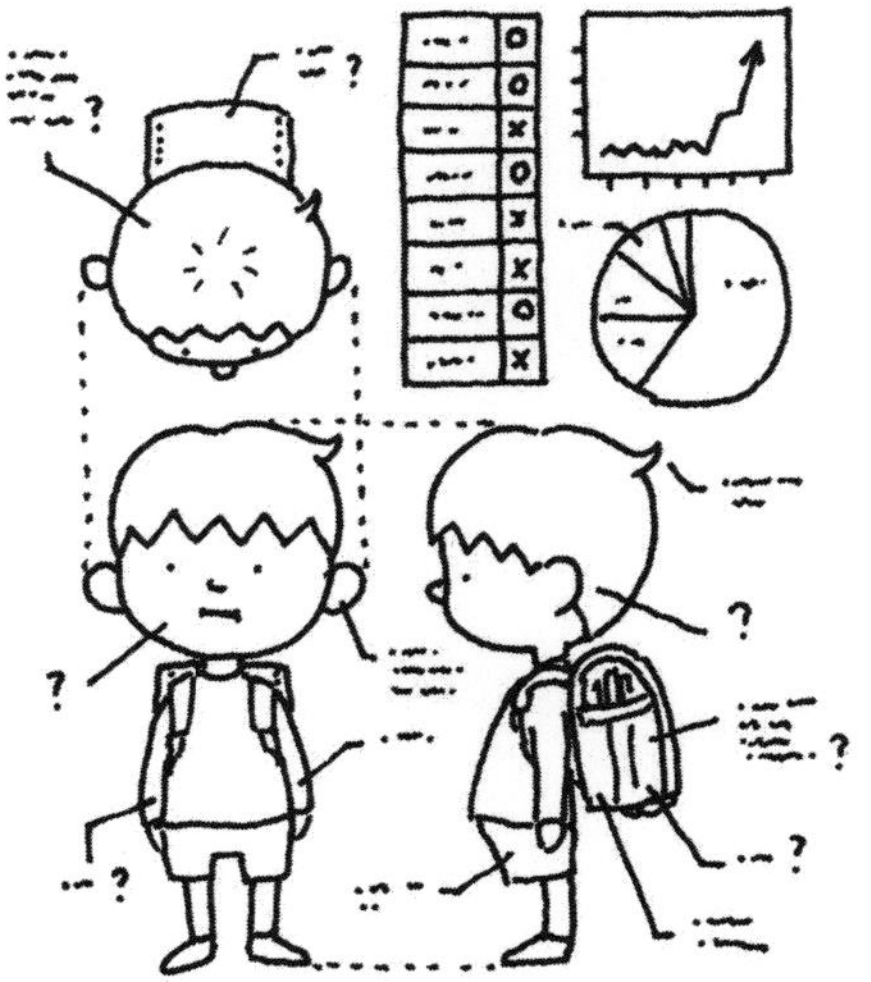

ハルはちょっとだけ口を開《あ》けて、それからまた下をむいて本を読《よ》み始《はじ》めた。

カナはなんだかちょっと不思議《ふしぎ》な感《かん》じがした。
なんだかちょっとあたたかい気持《きも》ち。
カナはおにいちゃんのリンの笑顔《えがお》を思いうかべる。
それもあたたかい。
でも、なんだかちょっとちがう。
なんだろう？
カナは、目を閉《と》じて数を数えた。そうすると何かわかるかなと思ったのだ。
一、二、三、四、五、六、七。
目を開《あ》けると、不思議《ふしぎ》な感《かん》じは消《き》えていた。
「カナちゃん、なやんでる？」

キララが心配《しんぱい》そうな顔をしてカナを見つめていた。

「なやんでないよ。ねむたかっただけだよ。」

「な〜んだ。ねていないで勉強《べんきょう》しなさい。」

ユズがにらんだ。

「うん。勉強《べんきょう》する。」

カナがまじめな顔をしていったらふたりが笑《わら》った。

カナはそっとハルを見た。いつのまにかシュウマがもどってきていて、夢中《むちゅう》でハルに話しかけていた。きいているハルの顔は幸《しあわ》せそうだった。

それを見てカナも、ちょっと幸《しあわ》せになった。

どうしてだろう？

ユズがうれしそうでも、キララが楽しそうでも、うれしくて幸《しあわ》せになる。そこにもうひとり、ハルが増《ふ》えた感《かん》じなのかな、とカナは思った。

音楽の時間。『ドレミのうた』をみんなで練習《れんしゅう》した。カナは、ハルの声はどれかなとさがしていた。

国語の時間。おねえさんと妹がけんかをする話を読んで佐々木《ささき》先生が、きょうだいがいる人はきょうだいのことを思いうかべて、いない人は想像《そうぞう》して考えてみようといった。カナはハルにはきょうだいはいるのかなと気になった。

図工の時間。アルチンボルドっていう五百年くらい前の画家さんの絵を見せてもらった。それは、人の顔がいろんな花で描《か》かれていた。カナもみんなも、わ〜っておどろいた。その絵の題名《だいめい》が『春《はる》』だったので、みんながハルをからかった。そのとき、頭をかいているハルが、カナにはおかしかった。

午後の授業《じゅぎょう》は算数。おにいちゃんがいっていた割《わ》り算《ざん》が教科書にのっていないかなとさがしたけれど、見つからなかった。カナはハルと算数の話をしたいなと思った。

111　カナ、ハルのことを考える。

09
ハル、カナのことを考える。

カナと話してからハルは、教室にいるとき、なんだか気持《きも》ちが変《か》わったのに気づいた。

前はシュウマがいなくても全然《ぜんぜん》さびしくなかったのに、ひとりでいるとさびしくなった。

どうしてかな?

小学校に入学したてのころは不安《ふあん》だった。教室がさわがしければさわがしいほど、

113　ハル、カナのことを考える。

ひとりだと不安《ふあん》だった。だからヒロトやヤマトといっしょにいた。でも、それにもだんだん慣《な》れてきて、ひとりでいるときでも、まわりがさわがしいほうが楽しくなっていった。

とうさんがいっていたように、「そのうちに慣《な》れた」と思っていた。

なのに、また慣《な》れなくなった。気持《きも》ちが変《か》わった。

教室はさわがしいのに、自分のまわりだけがすごく静《しず》かな感《かん》じがするのだ。

ひとりでいると頼《たよ》りなかった。さびしかった。

どうしてかわからないからハルは本を読むことにした。おもしろい本に夢中《むちゅう》になっていれば、さびしさは消《き》えると思った。

でも、本を読んでいても落《お》ち着《つ》かなかった。すぐに教室のさわがしさが耳にはいってきた。だけどやっぱり、ハルのまわりだけが静《しず》かな感《かん》じがした。

ひとりぼっちだって思った。

ハルは、本を閉《と》じて顔をあげた。

それから左をむいた。

となりにすわっている藤野《ふじの》さん、そのとなりの吉田《よしだ》くん……。

ハルは、その先にいるカナを見た。

カナもハルを見ていた。

ハルが笑顔《えがお》をうかべると、カナも笑顔《えがお》でかえしてくれた。

ハルは、頭の中がぼーっとした。

あわてて顔をもどして、また本を広げたけれど、胸《むね》がドキドキして、前に進《すす》まない。頭にはいってこない。

もう一度《いちど》カナを見ようとしたけど、顔をあげられない。

やっぱりぼくは勇気《ゆうき》がないな。

えい！

ハルは深呼吸《しんこきゅう》をしてから顔をあげてカナを見た。

カナは、もうユズたちと話していて、ハルはがっかりした。

でも、さびしさはちょっとだけ消《き》えていた。


それからのハルは毎日、カナのことが気になってしかたがなかった。

教室にいても、いつのまにかカナをさがしていた。

なのに目が合ったら、すぐによそをむいてしまう。

カナを見ていたいのに、見たくない。

声がきこえるとドキドキしてしまう。

シュウマが「タラバガニって、カニじゃなくヤドカリの仲間《なかま》なんだって。」と教えてくれたときも、「ヤドカニ?」と返事《へんじ》をして笑《わら》われてしまった。

シュウマはハルをじっと見て、

117　ハル、カナのことを考える。

「そういうときってだれにもあるよ。」

といった。


家に帰ってからもハルは、すぐにぼんやりしてしまう。

晩《ばん》ごはんのとき、

「ハル、おなかがへっていないのか？」

と、とうさんにきかれて、おなかがへっているのに気づく。あわててごはんを食べようとしてのどにつまらせ、かあさんに背中《せなか》をたたかれた。

「今日、学校はどうだったの？」

と、かあさんにきかれて、

「どうだったのかな？」

って返事《へんじ》をしてしまい、笑《わら》われた。

何日か過《す》ぎたころ、とうさんが部屋《へや》にはいってきた。ハルはベッドであおむけになっていた。

「ハル、学校で何かあったのかい？」

とうさんが顔をのぞきこんだ。

「どうして？」

「このごろなんだか元気がなさそうだからさ。」

「それは笑《わら》えない話だねえ。」

っていおうと思ったけど、やめた。

それより、大人はややこしい生《い》き物《もの》だから、ひょっとしたらわかるかもしれない。

ハルは体を起《お》こした。とうさんがハルの横《よこ》に腰《こし》かけた。

ハルは自分のさびしさの話をした。

話《はな》し終《お》えると、とうさんはハルのかたを軽《かる》くだいた。

「ハルはカナちゃんを好《す》きになったんだよ。」

ハルはそっと息《いき》を吸《す》いこんでからこたえた。

「ぼくもそうかなって思ってた。」

とうさんがさっきより強くハルのかたをだいた。

「よかったね。」

いいのかな？　よくわからない。

ハルは、前をむいたままいった。

「でも、どうしよう。」

「ハルはカナちゃんのどこを好《す》きになったんだい？」

とうさんも、やっぱりハルの顔を見ないできいた。

ハルは考えてみた。むずかしい。

「わからない。」

121　ハル、カナのことを考える。

「かわいいとか、やさしいとかさ。」

「わからないよ。」

自分の声がすこし高くなって、ハルはおどろいた。まるで、とうさんがかあさんと仲《なか》よしじゃないときみたいだ。

「そうかあ。じゃあ、それを考えてみてもいいね。」

立ちあがったとうさんがハルの頭をなでた。

とうさんが部屋《へや》を出ていってからハルは考えた。

ぼくは、カナちゃんのどんなところを好《す》きになったのだろう？

声？

そう思ったら顔がすこし熱《あつ》くなった。

目？

やっぱり熱《あつ》いままだった。
笑顔《えがお》？
もうすこし熱《あつ》くなった。
話してくれたこと？
もっと熱《あつ》くなった。
でも、やっぱりどこが好《す》きかなんて、わからなかった。
ハルはため息《いき》をついた。それから、「笑《わら》えない話だねえ。」といってみた。

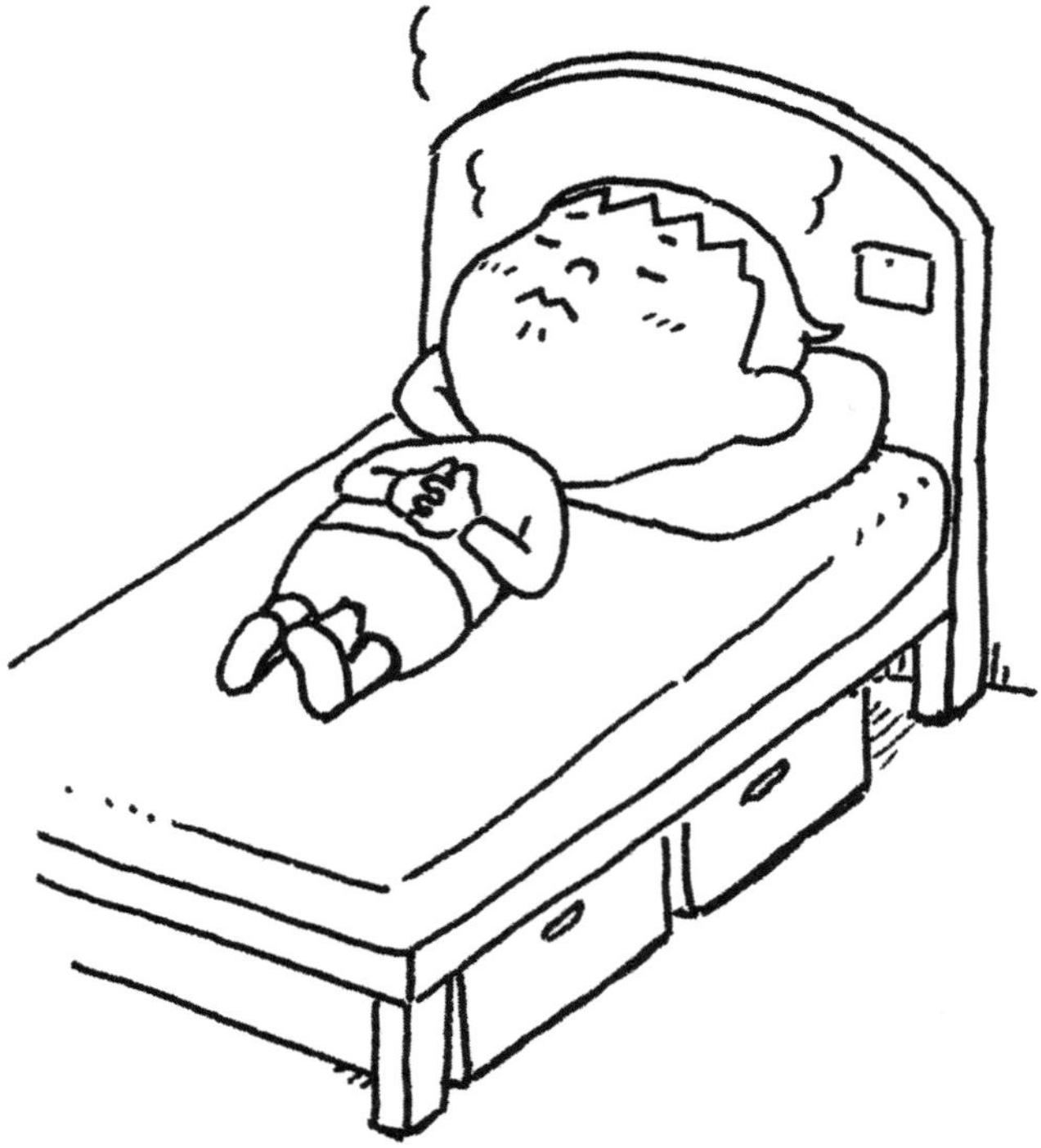

10 カナ、ハルを好《す》きなのかなって考える。

カナは、ハルのことが気になってしかたがなかった。
読んでいる本の名前を知りたいなと思った。
算数は好《す》きかきいてみたいなと思った。
給食《きゅうしょく》できらいな食《た》べ物《もの》ってあるのかな？
どんな色が好《す》きかな？
好《す》きな動物《どうぶつ》っているのかな？

今まで、ハルのことを知らなくても気にならなかったのに、急《きゅう》に知りたくなってきた。

どうしてなんだろう？

それから、カナは、ハルに自分のことを知ってほしくなっていた。

ハルに、いろんなことを話したいなと思った。

絵本の『かいじゅうたちのいるところ』を今も大好《だいす》きなこと。

どうして算数が好《す》きになったか。

給食《きゅうしょく》は、もやしのあえものがきらいで、がまんして飲《の》みこんでいること。

ランドセルがすこし重《おも》いこと。

いろんな話をして、ハルがどんな返事《へんじ》をするか知りたいと思った。

カナは、ハルがときどきこっちを見るのに気づいていた。

カナは、自分がときどきハルを見てしまうのもわかっていた。


まさか。

あ、私《わたし》、ハルくんを好《す》きになったのかな？

だって、ちゃんと話したのは、この前だけだもの。

でも、そんなことってあるのかなあ。


ある日、シュウマがどこかへ行って、またひとりになったハルを、ユズがさそいにいった。

ユズはひとりでもどってきた。

「ぼく、ここでいいよっていうの。ハル、やっぱり女の子は苦手《にがて》なのかな。」

ユズが首をかしげた。

「勇気《ゆうき》がないからね。」

キララが笑《わら》った。

「そんなことないよ。」

カナは、首をふった。

「そうかなあ。」

カナが見るとハルと目が合って、ハルは下をむいた。

「そんなことないよ。」

カナはもう一度《いちど》そういった。

ハルは立ちあがって教室を出ていった。

「そんなことないよ。」

カナがまたいうと、

「カナ、同じことばっかりいいすぎだよ。」

ユズにほおをつつかれた。

ほんとだ。同じことといっている。

カナは、ハルを悪《わる》くいわれるのがいやなんだと気づいた。

11 ハル、ちょっとわかる？

ハルは「カナちゃんのどんなところが好《す》きか。」を、あれから何度《なんど》も考えた。
でも、やっぱり、わからなかった。
それより、カナのことをあまり知らないことに気づいた。
好《す》きな色も、好《す》きな歌も、好《す》きな本も、好《す》きなお菓子《かし》も、好《す》きな科目も知らない。
あ、きらいなものも知らない。
でも、それだとどうしてぼくは、カナちゃんを好《す》きなのかな？

考えてみたけれど、やっぱり、やっぱり、ハルにはわからなかった。

考えがグルグルまわって、ハルは混乱《こんらん》してしまった。

だからユズがさそいにきてくれたとき、行こうかな、行ってカナと話そうかなと思ったのに、「ぼく、ここでいいよ。」と返事《へんじ》をしてしまったのだ。

ぼくはカナちゃんと話がしたいのに。

ぼくは、どう話したらいいかわからない。

ぼくは、ちょっとおかしいな。

思っているとおりに心も体も動《うご》かない感《かん》じ。

カナちゃんと目が合っても下をむいてしまう、ぼく。

だめだ。

ハルは教室を出た。

花だんにシュウマがいた。しゃがんだまま、両手《りょうて》の人差《ひとさ》し指《ゆび》と親指《おやゆび》で四角を作って
それをのぞいている。

「何、しているの？」

「こうすると、お花がきれいに見えるよ。」

シュウマと並《なら》んでしゃがんだハルは、指《ゆび》の間からピンクの花をのぞいてみた。

小さなわくの中で花がかわいくゆれた。

「ほんとうだ。」

ハルがいうと、シュウマはうれしそうに笑《わら》った。

シュウマはハルの知らないことをいっぱい知っている。

ハルは今の気持《きも》ちを話したくなった。

「あのね、シュウマ。」

きき終《お》えたシュウマは、指《ゆび》で作った四角の間からハルを見た。

「ハルはカナちゃんのこと、全部《ぜんぶ》好《す》きだよね。」

「え？」

「どこが好《す》きかじゃなくて、全部《ぜんぶ》好《す》き。」

ハルのグルグルまわっていた考えが、ぴたっととまった。

なんだ、そうか。

ぼくは、カナちゃんの全部《ぜんぶ》が好《す》きだから、どこが好《す》きかわからなかったんだ。簡単《かんたん》だったんだ。でも……。

「でも、ぼく、カナちゃんのことあんまり知らないよ。」

「う〜ん。そうかあ。」

シュウマがすこし考えた。

「そうか。好《す》きって、知らなくてもなれるんだ。すごい発見《はっけん》だぞ、これは。」

シュウマがまた指《ゆび》で四角を作って、ハルを見た。

「あ、でも、ぼくも最初《さいしょ》、ハルのこと知らなかったよ。それでもいっしょにいたくなったよ。」

「ぼくも知らない間にシュウマと仲《なか》よしになってたもんね。」

ハルはわかった気がした。

「そうか！　あとで知ってもいいんだよ、シュウマ。」

12 ハルとカナ

次《つぎ》の日、ユズがまた、ひとりでいるハルをさそいにいこうとしたけど、カナは「ハルくんは来たければ来るよ。」ととめた。ほんとうはハルと話したかったのに。

「カナ、ハルのことときらいなの？」

ユズが、カナをにらんだ。

ユズは、ハルくんと幼《おさな》なじみだから、私《わたし》がハルくんをきらいだと思って、怒《おこ》っているんだ。

カナはユズをちゃんと見て、こうこたえていた。

「好《す》きだよ。」

いってみるとそれは簡単《かんたん》な言葉《ことば》だった。いってみるとそれはあたたかな言葉《ことば》だった。

ユズがカナをじっと見て、

「ハル、いいやつだもんね。」

とうれしそうに笑《わら》った。

キララは、

「勇気《ゆうき》がないけどね。」

といった。

「そんなことないよ。」

といいかけて、カナは思った。

勇気《ゆうき》がないのは私《わたし》だ。

だって、ハルのこと知りたいのに、私《わたし》は何もしてないもん。

カナは席《せき》を立った。


ハルはまだちょっと迷《まよ》っていた。カナにきらわれていたらどうしようと思って、目が合うたびに下をむいてしまった。

ハルは、とうさんとかあさんが仲《なか》よしじゃないときのことを思いうかべた。

ふたりは、顔を見ないで話していた。

それって、あんまり楽しくない。

そんなんじゃ、だめだ。

ちゃんと顔を見て話そう。

いっぱい、カナちゃんのことを知ろう。

勇気《ゆうき》をだそう。

ハルは席《せき》を立った。


カナは、ハルが立ちあがったのを見た。

ハルは、カナが立ちあがったのを見た。

待《ま》ってようか？　とカナはちょっと思った。

待《ま》ってようか？　とハルはちょっと思った。


カナは教室の後《うし》ろ側《がわ》をまわってハルに近づいた。

ハルは教室の後《うし》ろ側《がわ》をまわってカナに近づいた。

「え〜と、ハルくん。」

とカナ。

「あ～と、カナちゃん。」

とハル。

それからカナは、

「何？」

ってきいて、ハルも、

「何、何？」

ときいて、ふたりはいっしょに笑《わら》った。

おわり

ひこ・田中

1953年、大阪府生まれ。同志社大学文学部卒業。1991年、『お引越し』で第1回椋鳩十児童文学賞を受賞。同作は相米慎二監督により映画化された。1997年、『ごめん』で第44回産経児童出版文化賞JR賞を受賞。同作は冨樫森監督により映画化された。他に、「なりたて中学生」シリーズ（講談社）、「モールランド・ストーリー」シリーズ（福音館書店）、「レッツ」シリーズ（そうえん社）、『大人のための児童文学講座』（徳間書店）、『ふしぎなふしぎな子どもの物語 なぜ成長を描かなくなったのか?』（光文社新書）など。『児童文学書評』主宰。

ヨシタケシンスケ

1973年、神奈川県生まれ。筑波大学大学院芸術研究科総合造形コース修了。日常のさりげないひとコマを独特の角度で切り取ったスケッチ集や、児童書の挿絵、装画、イラストエッセイなど、多岐にわたり作品を発表している。『りんごかもしれない』(ブロンズ新社)で、第6回MOE絵本屋さん大賞第1位、第61回産経児童出版文化賞美術賞などを受賞。著書に、『しかもフタが無い』(PARCO出版)、『結局できずじまい』『せまいぞドキドキ』(ともに講談社)、『もうぬげない』『このあと どうしちゃおう』(ともにブロンズ新社)、『りゆうがあります』『ふまんがあります』(ともにPHP研究所)などがある。2児の父。

ハルとカナ

2016年8月24日　第1刷発行
2022年4月 4 日　第7刷発行

作／ひこ・田中《たなか》
絵／ヨシタケシンスケ
発行者／鈴木章一
発行所／株式会社講談社
〒112-8001 東京都文京区音羽2-12-21
電話　編集　03-5395-3535
販売　03-5395-3625
業務　03-5395-3615
印刷所／共同印刷株式会社
製本所／島田製本株式会社
装幀／城所 潤+大谷浩介(ジュン・キドコロ・デザイン)

KODANSHA

N.D.C.913　143p　20cm　ISBN978-4-06-220099-8

この作品は、毎日新聞(大阪本社版)2015年11月1日～11月30日付紙面に掲載された連載小説に加筆・修正したものです。